O HERÓI DE DAMIÃO

em A DESCOBERTA DA CAPOEIRA

São Paulo, 2013

O HERÓI DE

IZA LOTITO Minha relação com a capoeira começou na Secretaria do Bem-Estar Social, em São Paulo. Aquela criançada gostava de jogar capoeira, e percebi que esse jogo era a única forma que eu tinha de entrar em contato com eles. Tive de aprender. E a partir do diálogo estabelecido, pude trabalhar a relação com eles. Gostei da coisa, e fiz como o Damião: fui "dar a volta ao mundo". O professor Wagner, do extinto Projeto Equilíbrio, me apresentou os rudimentos dessa arte. Com os ensinamentos de Mestre Brasília e de outros tantos que conheci, fui me aperfeiçoando e aprendendo sua história, valores, rituais. Introduzi o jogo da capoeira nas minhas aulas de educação física, porque sempre quis ensinar aos alunos outras práticas que não os esportes competitivos. Além da capoeira, também gosto de ensinar dança e jogos cooperativos. Se em 1993 a molecada me ensinou a capoeira, hoje outros alunos me ensinaram que é hora de virar escritora! Axé!

PAULO ITO Formou-se em artes plásticas em 1999 na UNICAMP, e desde então transita entre pintura, desenho e grafite. Colabora como ilustrador para a *Folha de S. Paulo*. Produziu painéis para a cenografia da peça *BR3*, do Teatro da Vertigem, e do filme *Um crime delicado*, de Beto Brant. Seus grafites estão espalhados por muitas ruas de São Paulo. Este é seu primeiro livro publicado.

DAMIÃO

em A DESCOBERTA DA CAPOEIRA

IZA LOTITO

Aos meus Damiões:
Ynaê, Téo e Kim, que
me tornaram uma
verdadeira heroína.

ilustrações PAULO ITO

Aos meus pais.

Ladainha do Damião

Iêêêêê...

Vou contar uma história
Do menino Damião.
Eta, moleque danado,
Movido todo a paixão.

Damião tem sete anos
E adora aprontar.
Pula, chuta, sobe, desce,
Corre pra lá e pra cá.

Um dia foi brincar de herói.
Pôs capa, cinto e chuteira,
Mas ficou contrariado,
Não gostou da brincadeira.

Ficou igualzinho ao herói:
Forte, valente, arrojado,
Mas, de cor diferente,
Pois não tinha desbotado.

"Não tem herói da minha cor?",
Danou a esbravejar!
Porém, pra não ficar mal,
Preferiu tentar ser original.

Foi dar a volta ao mundo,
A volta ao mundo foi dar,
E na roda da vida,
Uma solução encontrar.

De repente...
Ton Tin Tchi Tintin, Ton Tin Tchi
Tintin,Ton Tin Tchi Tintin

Bem no meio do caminho,
Estranho som escutou.
Parecia um lamento,
Tão triste que até o assustou.

Damião ficou parado,
Aos poucos foi encantado
Pelo toque bem marcado
E pelo som foi guiado.

Viu uma luta surpreendente
Com heróis iguais a gente.
Tocavam, cantavam, brincavam,
Numa dança de admirar.

Foi quando uma voz ecoou
E o berimbau se calou.
“Ei, menino, vem jogar!”,
Mestre Brasília convidou.

Damião, meio encabulado,
Um pouco desconfiado,
Não sabia o que falar,
E desviou o olhar.

O mestre ajuntou:
“Vem jogar a capoeira,
Dança, luta, acrobacia,
Arte marcial brasileira

Criada num tempo passado
Quando o negro, pra se defender,
Fazia que estava dançando
Mas lutava pra valer.”

Todo desengonçado,
Damião se deixou levar.
Ginga pra lá, ginga pra cá,
E o corpo começou a se soltar.

Ginga

É o movimento básico da capoeira, que faz a transição para os golpes de ataque, defesa, contra-ataque e acrobacia. É como um passo de dança e, através dele, o capoeirista mostra o seu jeitão: atrevido, tímido ou valentão.

1. Imagine um V desenhado no chão. Coloque seus pés nas extremidades desse V e os braços elevados e flexionados na altura dos ombros.

2. Leve a perna esquerda até o vértice do V, enquanto o braço direito abaixa-se e o outro permanece elevado, protegendo o rosto.

3. Volte para a posição 1.

4. Repita a posição 2, só que desta vez com a perna direita. Troque a posição dos braços.

A ginga se completa com quatro posições: posição 1, posição 2 com perna esquerda, posição 1 de novo, posição 4 com perna direita.

E depois desse molejo,
Mais esperto ele ficou.
Descobriu o seu gingado
E uma acrobacia praticou.

Aú

É um movimento de aproximação, fuga e acrobacia. Na ginástica olímpica, é chamado de “estrela”.

1. Com os pés paralelos na largura do quadril, incline o corpo para o seu lado direito.

2. Ao mesmo tempo, vá levantando sua perna esquerda e aproximando os dois braços do chão, na direção da perna direita.

3. O braço direito toca o chão primeiro.

4. Depois, vem o braço esquerdo e a perna esquerda já levanta, seguida pela perna direita.

5. A primeira perna a voltar ao chão é a esquerda; depois a direita.

6. Termine o movimento de pé.

E de pernas para o ar,
Por um instante ele viu
O mundo todo girar,
Pra depois se acocorar.

Cócoras

É como os capoeiristas aguardam a ordem de iniciar o jogo: de cócoras, um capoerista de frente para o outro, com um dos braços flexionado na altura do rosto, para protegê-lo. É uma posição típica da capoeira Angola.

1. Partindo da posição 1 da ginga, flexione os joelhos até ficar na posição de cócoras.

2. Antes de entrar na roda, flexione um dos braços na altura do rosto, para protegê-lo.

Aprendeu que defender
Vem antes de atacar.
E começou a perceber
Como é capoeirar.

Bênção

É um golpe de ataque ou contra-ataque, em que se realiza um chute dado de frente, com a sola do pé, acima do quadril do outro capoeirista.

1. Faça a posição 2 da ginga.

2. Eleve o joelho da perna que está atrás e leve-o à frente.

3. Estenda a perna suspensa, aplicando o golpe com a sola do pé.

Cada vez mais mandingueiro,
Não saía do terreiro.
Com muita malemolência,
Caiu na resistência.

Resistência

É um movimento de defesa.

1. Faça a posição 2 da ginga.

2. Traga a perna de trás para a posição 1 da ginga e flexione os joelhos.

3. Incline o tronco para trás, apoiando uma das mãos no chão.

4. Fique na ponta dos pés. A outra mão protege o rosto.

Agora é hora de arriscar,
E Damião pensou em pular.
Flexionando suas pernas,
Projetou-se para o ar.

Pulo

O pulo é uma defesa. Durante o jogo de capoeira, quando recebemos uma rasteira, pulamos para fugir do golpe.

1. Faça a posição 2 da ginga.

2. Ao receber uma rasteira na perna de trás, tire a perna da frente do chão e salte com a de trás, como um saci.

E foi cair numa ladeira,
Ficando sem eira nem beira.
Pra se livrar de tanta poeira,
Resolveu dar uma rasteira.

Rasteira de chão

É um movimento de ataque.

1. Partindo da resistência, apoie a mão direita no chão.

2. Estenda a perna esquerda até prender o calcanhar do outro jogador.

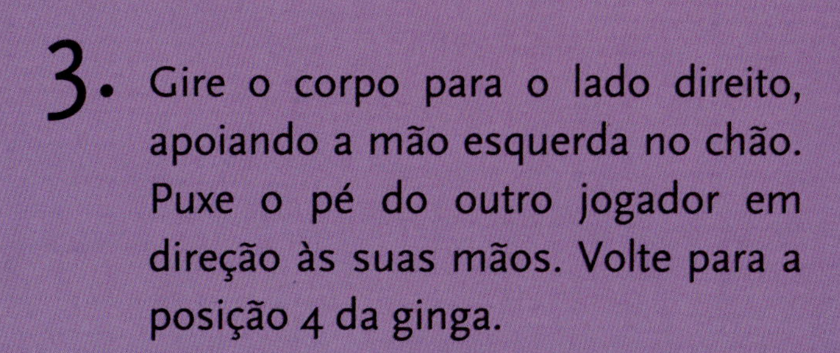

3. Gire o corpo para o lado direito, apoiando a mão esquerda no chão. Puxe o pé do outro jogador em direção às suas mãos. Volte para a posição 4 da ginga.

E com tamanha vadiação
Começou logo a perceber
Que há muitos tipos de herói
Que a gente também pode ser.

Arpão

É uma ligação entre um movimento e outro.

1. Partindo da resistência, vire-se de barriga para baixo, apoiando-se nas mãos e nos pés.

2. De costas para o outro jogador, abra as pernas como se fossem uma tesoura. Deslize em direção a ele, olhando por cima do ombro, perseguindo-o e forçando-o a fugir com um aú.

3. Aproxime a perna esquerda das mãos, chegando à posição 2 da ginga.

Depois dessa empreitada,
Que varou toda a madrugada,
Já com a camisa molhada
Não tinha por que dar mais cabeçada.

Cabeçada

É um movimento de ataque que se realiza com a cabeça ou com a testa na barriga do capoeirista que está fazendo um aú.

1. Partindo da posição 4 da ginga, dê um passo à frente com a perna direita.

2. Incline o tronco e cruze os braços abaixo do rosto.

3. Agora dê uma cabeçada na barriga do outro jogador. Mas não dê com força! Pode machucar seu amigo...

Sequência

E pra roda ele foi
Praticar a sua sequência.
Uma conversa entre corpos,
Que exige inteligência.

1. Damião: cócoras
Mestre: cócoras

2. Damião: aú
Mestre: aú

5. Mestre: rasteira
Damião: pulo

6. Mestre: arpão
Damião: saindo num aú

No treino de capoeira podemos realizar movimentos predeterminados chamados de sequências. São como coreografias de duas pessoas: o passo de um complementa o passo do outro, e assim por diante. O treinamento através de sequências é realizado em vários esportes. Elas são importantes para os iniciantes porque exemplificam situações que podem aparecer num jogo de capoeira. No pé do berimbau, Damião e Mestre saem para a roda.

3. Damião: ginga pra lá, ginga pra cá
Mestre: ginga pra lá, ginga pra cá

4. Damião: bênção
Mestre: resistência

7. Damião: aú
Mestre: cabeçada

8. Damião: tombo

O herói Damião

Mestre derrubou Damião,
Que pro chão foi lançado,
Com um choro engasgado,
Ficou muito envergonhado.

Mas o mestre explicou:
“Não precisa ficar chateado
Agora você está batizado
E um capoeirista se tornou.”

Damião sentiu-se outra vez
Forte, valente, arrojado.
Só que de um jeito diferente,
Pois ele tinha sua cor realçado.

Preto, branco, encarnado,
Verde, azul, amarelado,
O que importa é sua cor
Brilhar aonde você for.

Capoeira: de resistência a esporte nacional

Imaginem se uma nave espacial descesse à Terra, e extraterrestres levassem humanos de vários países para um planeta distante. Ninguém fala a mesma língua, e todos são separados dos amigos e parentes. O que restaria para eles? A memória — das brincadeiras de infância, dos rituais, da comida, dos jogos, das festas.

Algo semelhante aconteceu aos homens e mulheres africanos trazidos para o Brasil a partir do século XVI para serem escravos. Aqui, tiveram de encontrar formas de resistência e luta. A capoeira foi uma delas, resultado da soma de danças ritualísticas, jogos lúdicos e artes marciais africanos.

Por volta de 1573, os escravos fugiam para o agreste nordestino e se organizavam em quilombos. Na vegetação de capoeira típica dessa região, se entrincheiravam para praticar a luta que os defenderia dos capitães-do-mato — os encarregados de capturá-los e levá-los de volta aos senhores de escravos. Assim, "capoeira" passou a designar também aquela prática de defesa.

Quando os escravos eram vistos jogando capoeira, costumava-se dizer: "Estão brincando de Angola". E assim, Angola passou a ser sinônimo de capoeira — e a prática da capoeira começou a ser condenada. Séculos depois, mesmo com a Libertação dos Escravos, em 1888, a capoeira ainda não era aceita. De 1890 a 1937, foi considerada crime pelo Código Penal da República, que previa pena de até seis meses de prisão para quem praticasse essa luta na rua!

A capoeira só começou a ser reconhecida como prática legal depois que se tornou um esporte. O passo para tirá-la da marginalidade foi dado por Mestre Bimba (Manoel dos Reis), que sistematizou e adaptou alguns de seus movimentos, eliminando a "malícia" do capoeirista, qualidade associada à malandragem. Além disso, instituiu o uniforme branco, usado até hoje. Essa nova modalidade da luta, a capoeira Regional, divulgava a prática como o único esporte genuinamente nacional.

Hoje as duas correntes convivem: a Angola, que representa a resistência negra e as tradições dessa cultura; e a Regional, que considera a luta uma prática esportiva. Se Mestre Pastinha (1889–1981) foi o principal expoente da capoeira Angola, Mestre Bimba (1900–1974) foi o da Regional.

Certamente devemos a esses mestres, e a todos os outros que vieram depois deles, a grande difusão do esporte/luta nacional capoeira. Hoje ela é aceita e praticada em escolas, academias e universidades, tendo sido exportada para Japão, Suíça, Estados Unidos e outros países. Embora a capoeira tenha passado de símbolo da resistência negra para esporte universal, seu papel no processo de inserção social dos negros no Brasil ainda tem grande importância para a comunidade afro-brasileira.

Glossário

Batizar: Na capoeira, o ritual do batismo simboliza a primeira vez que um aluno iniciante joga com um mestre ou um aluno graduado.

Berimbau: É o principal instrumento da capoeira. Chamado de "mestre primitivo", é o seu toque que orienta o tipo de jogo. Ele é composto por uma verga, um arame de aço e uma cabaça. Para tocá-lo usa-se uma vareta na mão direita e uma moeda ou pedra na mão esquerda. Na mão direita segura-se também o caxixi, um chocalho que acompanha a batida da vareta.

Ladainha: São cantigas de saudação entoadas antes de o jogo de capoeira Angola começar. Pode ser um aviso, uma reza, um alento, um desaforo, um desafio. Durante a ladainha, os dois capoeiristas que irão jogar ficam acocorados no pé do berimbau, esperando a hora de entrar na roda.

Mandingueiro: É o capoeirista que tem malícia, é muito esperto no jogo, tem um estilo próprio, é "o bom".

Mestre: É a graduação máxima que um capoeirista atinge. É ele que passa os ensinamentos e a tradição da capoeira.

Quilombo: Redutos de escravos fugitivos, cuja organização social assemelha-se à das sociedades tribais da África.

Roda: A roda de capoeira é formada por dois capoeiristas que jogam no centro enquanto os outros jogadores batem palmas e cantam. Em uma parte da roda, agrupados, ficam os instrumentos. Na capoeira Angola são utilizados três berimbaus: um gunga, um médio e um viola. Além disso, há dois pandeiros, um agogô e um atabaque. Já na capoeira Regional, é diferente: usa-se um berimbau e dois pandeiros.

Sequências: O treino por meio de sequências é uma criação do Mestre Bimba, que inventou a capoeira Regional.

Ton Tin Tchi Tintin!: Esse é o som do berimbau tocando a capoeira Angola. "Ton" é o som grave, "tin" é o som agudo e "tchi", o som do caxixi.

Vadiação: Na capoeira significa malemolência, elegância e manha no jogo.

Volta ao mundo: Quando o capoeirista está cansado ou quer mudar de estratégia de jogo, ele dá um passeio trotando no interior da roda, acompanhado pelo outro capoeirista. Essa é a volta ao mundo. Volta ao mundo é também um verso cantado pelo solista que sinaliza aos jogadores que é hora de começar.

Iza Lotito agradece

Aos negros e mulatos do Brasil, que jogaram muita capoeira para que nós pudéssemos chegar até aqui. A meus pais Zilda e Joaquim, que me ensinaram a ter garra na vida; Paulo Padilha, pela compreensão, amor e por ser pai/mãe; Mestre Brasília, pelos ensinamentos de capoeira; Cris Bassi e Denise Lotito, pela interlocução e competência que me orientaram na realização deste trabalho; e a Cidinha e Nega, pelo carinho e dedicação destinados à minha família.

Paulo Ito agradece

Ao Tak, Paulo Federal, Tuneu e Patricia Mattoso, pelos ensinamentos que fizeram as ilustrações desse livro possíveis. E a Tarsila Portella, meu amor, pela paciência...

© Texto 2006 Iza Lotito
© Ilustrações 2006 Paulo Ito

Não é permitida a reprodução desta obra, parcial ou integralmente, sem a autorização expressa da editora, da autora e do ilustrador.

Obra atualizada conforme o Acordo Ortográfico da Língua Portuguesa.

EDITORA Fabiana Werneck Barcinski
EDITORA ASSISTENTE Beatriz Antunes
EDITOR DE ARTE Marcos Brias
AGENTE EDITORIAL Renata Carreto

Dados Internacionais de Catalogação na Publicação (CIP)
(Câmara Brasileira do Livro, SP, Brasil)

Lotito, Iza
O herói de Damião em A descoberta da capoeira / Iza Lotito; ilustrações Paulo Ito.
São Paulo: Girafinha, 2006.

ISBN 978-85-99520-26-1

I. Contos - Literatura infantojuvenil I. Ito, Paulo.
II. Título.

06-7513 CDD-028.5

Índices para catálogo sistemático:
I. Contos: Literatura infantil 028.5
II. Contos: Literatura infantojuvenil 028.5

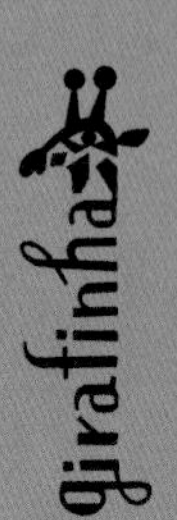

Todos os direitos desta edição estão reservados à
MANUELA EDITORIAL LTDA (Girafinha)
Rua Bagé, 59 – Vila Mariana
São Paulo – SP – Cep: 04012-140
tel: (11) 5085-8080
livraria@artepaubrasil.com.br
www.artepaubrasil.com.br

PAPEL Couché fosco 115 g/m²
TIPOLOGIA Scala e Providence
IMPRESSÃO E ACABAMENTO Loyola